貓修羅

楊佳嫻／文字
李政暐／攝影

目次

序

飢渴與赤誠

村上春樹在《尋找漩渦貓的方法》中，承認患了「貓飢渴」，由於長年行旅於外地，時常搬家，無法好好養貓，得常常從別人養的貓或街貓身上獲得安慰。在他看來，貓的特質就是：「春天來了以後，貓兒們也沒有什麼特別感動的神色」，「這種無動於衷的地方也正是貓的長處吧」。書裡有一隻叫孝太郎的貓，住在波士頓——其實，人家叫莫里斯，鄰居詹姆斯養的，村上卻擅自替那隻貓取名為孝太郎，說什麼氣氛上更適合（也太自以為了吧）。「孝太郎是有一點不得要領的地方，缺乏決斷力，風采也少了些，是一隻茶色的公貓，不過個性還不錯」，村上夫人嘲笑他：「去招惹那種沒什麼魅力的貓，連你自己的人氣都會下跌喲。」

實驗證明，養了富於魅力的貓，自己的人氣一樣下跌啊。大家注意力都被貓奪走了。討論起貓，四周忽然祥雲簇擁。世界和平是不是得靠貓來完成呢？

我也注意小說裡的貓：什麼樣的角色養貓，什麼樣的角色殺貓呢？約翰．哈威（John Harvey）筆下，失婚警探芮尼克（Charlie Resnick）略略過重、講究美食，同時養了四隻貓；勞倫斯．卜洛克（Lawrence

Block）小說裡的無牌照偵探史卡德（Matthew Scudder），在《黑暗之刺》中，愛上了一名雕塑家，灰色眼睛，手勁強悍，還養了貓，在他們同床共枕後的早晨，原本不大友善的貓也接受他了；東野圭吾以霸凌為主題的傑作《惡意》，被害者是個暢銷作家，一開始就被塑造成一個為了自己方便而殺貓的冷血者；韓麗珠《失去洞穴》中，貓是最常出現的動物，其中〈飄馬〉這一篇，甚至讓膨脹到與人類同等大小的貓，反過來馴馭了人類；袁瓊瓊極短篇小說中，那名美麗纖細然而病態的女人，其病態正是以絞殺波斯貓來證成。

貓似乎以其隱秘、柔軟來發展象徵意義，事實上，養貓的人都知道，貓也有其赤誠，與牠們朝夕相處，自然能讀懂那些語彙。

至於本書為什麼取名為《貓修羅》呢？佛教中所說的阿修羅（Asura），男性貌寢，女性貌美，同樣易怒好爭；吾家二貓，恰好一隻貌美，另一隻貌——怎麼說呢，有點特色——均保有一點青年雄貓的本質，好玩好鬥好喫與睡，脾氣卻各異，每天整理牠們撞啊翻啊的小世界，簡直是在修羅場修行。

這本小書的完成，也想感謝：隱匿多次在我出遠門時，替我照看雙貓，還被其中一隻虎斑（隱惡揚善，知名不具）惡狠狠兇過；在那隻惡霸虎斑還年幼的時候，李屏瑤曾慨然收容過兩次，據說還把她家窗簾整個扯下來，盆栽全部掃地上，甚至嚇到兩隻原住小貓；我清華的同事李信瑩曾來照顧過雙貓幾天，未知虎斑大王是否欺負她，總之她很善良，總是流水價稱讚貓貓；淡水中途「小潤貓齋」賜我超黏超甜黑白貓，決定讓我領養、送貓過來的時候，還順帶一大堆禮物，從貓吃的到人吃的都有；崔舜華常常與我交換貓罐，總是約會在飼養了大黃貓貝貝的「貓圖咖啡」，玳瑁貓阿醜在她的照料下過得很快樂。部分稿件是在《自由副刊》上的專欄文章，謝謝主編孫梓評邀稿。以及其他曾致贈過大大小小貓零食貓用品的朋友們和我的學生們。

我祝福各位幸福健康。

貓毛情歌

貓毛般的雨啊
飛過來沾住
你煮的咖啡總是不夠
燙，不能化解
心腹底
我糾結的毛團

雨聲覆蓋著
變成毛皮，貓背對著
我，比雨更固執
咖啡涼了你的眼神
掠過，像電影裡的流彈
太密，可是太偏

貓毛靜靜落著
在這玻璃小抽屜內
也許你是罐頭
我是剪刀
我的鋒利無用
當你嚴密地保存自己

模擬一頓孤獨盛宴
貓在貓的角落
我在你的吧台
貓以為我是布景
雨以為我永遠不會再
約你去晚餐

為我笑一個吧我的
罐頭，即使你不是食物
是沉默的小閃電
我不是剪刀，其實是雲
在這小抽屜裡愛你
像貓毛愛著一切

①

市場撿到貓

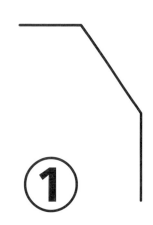

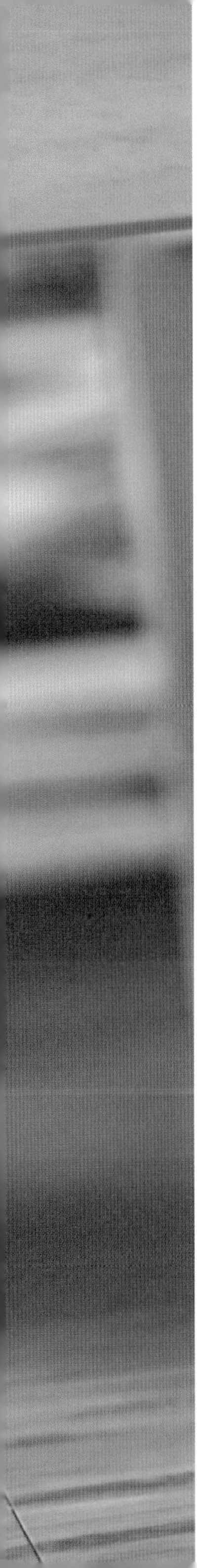

11

小學時代，家裡不怎麼認真地養著一隻自行跑來的母貓。我們採取放養，牠自由出入鄰居門庭，奔跑人行道上撲打麻雀為樂，吃人類剩飯與超鹹罐頭。

貓生病去世那天，小孩嘛，照常上學去，回家問，阿咪呢，爸爸說帶去壽山啦，「死狗放水流，死貓吊樹頭」。小土塚前垂淚致哀，只是我卡通看多了的幻想。貓是陪伴動物、不能吃人類食物等等觀念，彼時一概欠奉。

雖患有「渴貓症」，在我台北住處附近不難滿足。每條街道屋頂轉角都駐守著流浪貓，雜貨店、文具店、咖啡館、理髮店、二手家具行，無處不貓。

直到某個擾人雨夜，其實那天是我生日，慶生晚餐後散步，穿過附近加了蓬蓋的陰暗市場回家——雖然總會浮出電影《寄生獸》裡某個角色在無人市場遭撲殺的畫面——好像想太多了，總之，暗影深處響起叫聲，紙箱探出貓頭，小貓發現有人靠近，拼命呼救。

就這樣，貓在我家住下來了。頭兩天還有些生份，之後吃睡都安穩，很快就一瞑大一寸；每日躍躍欲試，以可笑姿勢半途滑落，也不氣餒，一試再試，勤能補拙，現在俐落得不得了，動作矯健完美。咬書，啃電線，抓人手腳，磨地毯，鑽鞋櫃，走到哪裡都跟著，每日走廊上跑百米，順便測試甩尾與急煞車。

向朋友抱怨也不能得到同情。每個養貓人皆語重心長：要珍惜啊，現在貓還肯理你，長大了叫都叫不來，當你空氣，拿罐罐出現時才有價值，根本工具人。

貓愛紙箱，沒問題，博客來紙箱立刻派上用場。貓不讀書，公平對待所有作者，踩過村上春樹又踩過了羅蘭．巴特，聽（電扇）風的歌，吐露戀人般絮語（混蛋，碗空了啊）。

博客來
7-ELEVEN取貨，全年無休
books.com.tw

②

貓即吾輩

中文的「我」，雖然也有幾種不同的表達方式，卻絕對沒有日文來得複雜。

夏目漱石《我是貓》日文原名是吾輩は猫である，「我」字就翻不出「吾輩」那種睥睨、又稍稍做作之感，據說還有那麼一點古風。直接挪用「吾輩」到中文語境來，容易想到「我輩」，含有「我這一代」的意思，不單單是「我」了。

不過，我喜歡「吾輩」這個詞，在中文寫作裡，同時指涉「我」和「我這一代」，也符合現實一種：我愛貓，我這一代許多寫作者也愛貓。愛狗的也有，養鳥養蜥蜴養烏龜養兔子的也不少，不過似乎貓族大勝。一回到朋友家作客，一群人正熱鬧，主人廚房內忙到七竅出煙，忽然探頭插話：「聽你們議論得這麼起勁，以為是談什麼了不起的人或者書，結果還是貓啊。」

素來不喜「文人相輕」一詞，這說法把文學寫作的圈子塑造成薄情世界。相輕者不限文人，而文人也不見得相輕。君不見有貓為使，大家相親相愛。詩人A常在我出外旅行時來替我看貓，詩人B約我通常是為了交換貓罐頭。談起貓，距離就會拉近，抱怨貓比抱怨壞詩還起勁，成立護貓盟的話，肯定比什麼護家盟對世界貢獻要大得多。

網路曬貓曬到成為事業者，所在多有。起因其實單純：貓很難分享主人的戶外生活，公園曬太陽不能帶去，參加同志大遊行時不能帶去。人類開門時牠們躍躍欲試，真正帶出去了，不是石化，就是忽然縮小。拜社交媒介所賜，生性抗拒展示的貓，也變成可以展示的對象了；不能帶出去給路人稱讚，至少可以在網路上接受網友膜拜。不是有人發明、下載小程式用來屏蔽臉書上所有嬰兒照片嗎，卻從沒聽說有什麼程式專門屏蔽貓圖。

曬貓族已然發現，貓取代了人類，貼貓比貼詩更受歡迎，更撫慰人心，現實世界裡每個人看到你，只問候貓，好像貓的心情與健康，就是你的心情與健康。

③

家貓以及牠們的江湖

家貓有什麼江湖可言？

牠們已做完絕育手術，不需爭取窗外母貓的愛；決鬥起來固然氣勢恢弘，卻往往無疾而終。不過，再柔軟再逸樂的物種，也有牠們想踰越的律法、想征服的傳說地。

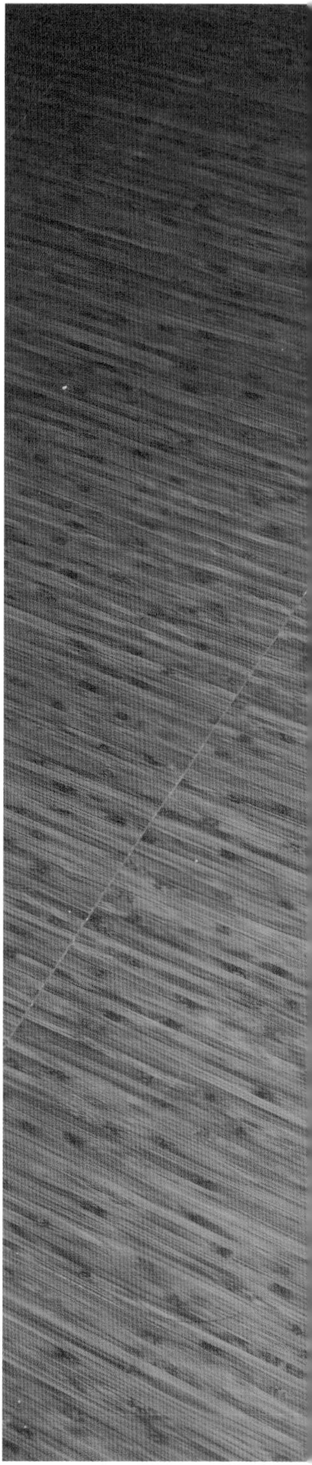

家中二貓，大貓（身長腿高的美青年）從菜場撈得，小貓（圓胖到牠爸媽也認不出）則是從詩人隱匿那裡看到消息，到淡水的中途「小潤貓齋」那裡去認的。大貓原本就像獅王孤居於冰火島上，熟習地形，唯我獨尊；接著來了頭小貓，冒冒失失，東西不辨，形容嶙峋，生性巴結，自願跟班。屁顛屁顛了幾個月，小貓忽然膨脹豐美，自信也增強了。

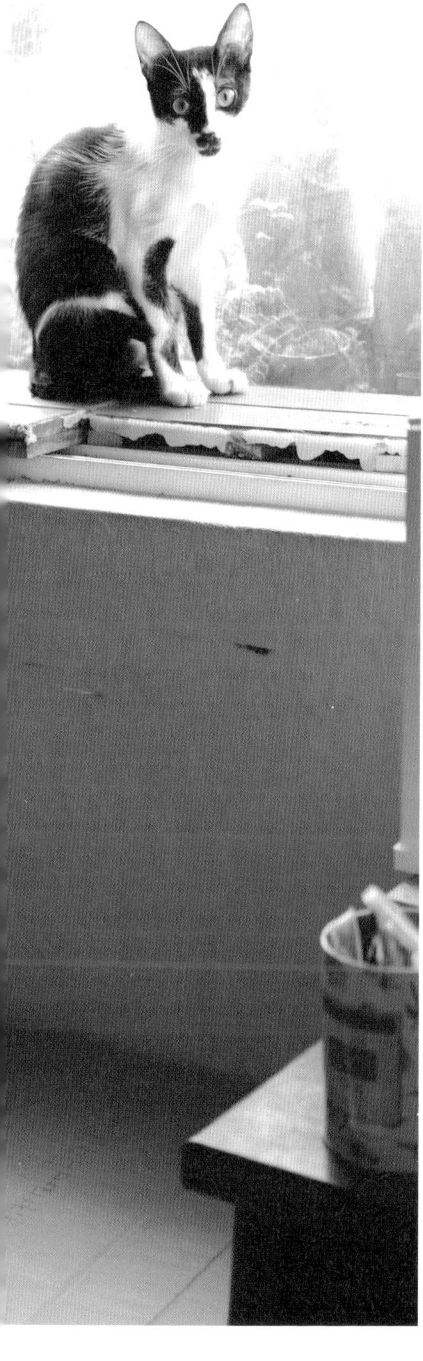

被大貓推開，就張嘴咬住對方臉頰反擊；觀察大貓喜愛棲睡的角落，對方稍一離開，立即一躍而上，抬頭挺胸，得意非凡；看大貓安據於巢內烤火，先試探性地踩進一隻腳，沒被驅逐，就乾脆空降對方肚腹，硬是擠出自己的位置，手腳椏杈，姿態苟且，但可能為了自尊起見會維持三分鐘再偷偷調整。

大貓就是小貓想踰越的律法，就是小貓想征服的傳說地。兩貓進食時分開於走廊最遠的兩端。不過，小貓大抵以為大貓肯定吃得比牠好，就算沒有，去分兩口牠的食物，去冒犯冒犯也高興。這種進取心會轉化為驚人而粗糙的進食速度，聲響呼哧呼哧近於豬，接著如花豹般奮勇衝刺過來，一把撞開正高雅小口進食的大

貓，扁舌頭紅通通的，伸出來在人家碗裡亂掃，大貓自恃貴族，通常安靜退開，站到一個略高一點的地方，舔舔腳掌，搓搓臉，冷淡地俯視凡貓的醜態。

牠們的江湖不是大哥與小弟，不是前輩與後輩，其鬥爭的基礎形式是神與俗。

④

小圈牧地

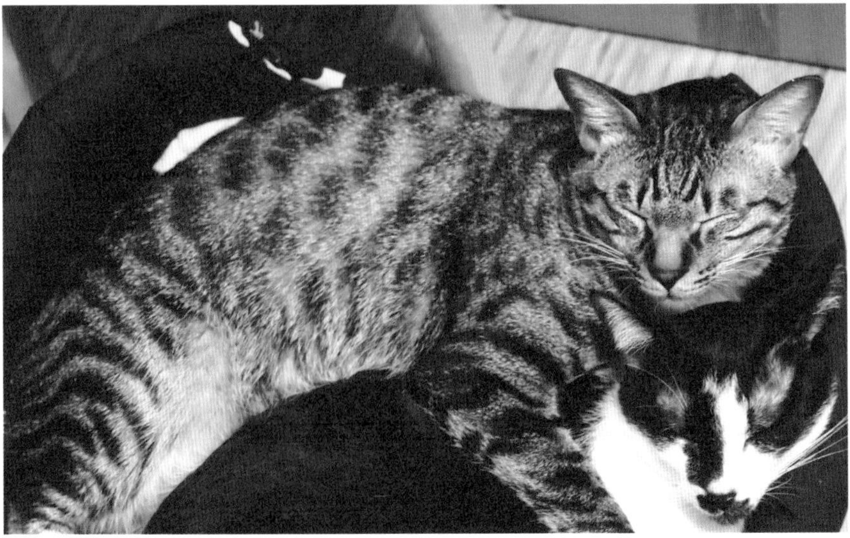

寒流來了，暖爐火力調到剛剛好，手腳開始發熱，脊椎肩膀，揉開似的舒展。抓出上個月啃了一半的小說，看看火爐四周，啊，兩隻貓也把姿勢調到剛剛好，特別是大貓，四肢張開，充分承受暖氣，肚皮奶酥一樣，茸茸蜜蜜。

當然，牠們深諳參差對照的樂趣。烤得心頭火起，就嗷一聲奔出房門，到走廊上感受一下真正的氣溫，讓快融化的毛皮重新凝結，抖擻抖擻，保有尊嚴與輪廓。十幾分鐘後又鑽進來，繼續攤開肚皮。整個晚上進進出出五、六回，現成的三溫暖，而我則不斷站起來替牠們開門，簡直成了門僮了。

貓們和我住在一起是否快樂呢？大貓抗拒擁抱，小貓熱愛擁抱。牠們性格如此不同，肚子餓時居然也一起抱著我的腳踝，翻一個跟斗，咬一口；午後太悠長了，如果沒睡著，就一起拿我的鞋帶磨牙，天天磨，磨到鞋帶藕斷絲連，一拉就陣亡。

自小生活在人類家屋裡，這兩頭貓彷彿圈養在小牧場。有限的牆壁，書櫃，書堆，衣櫃，桌椅，旅行箱，冰箱，間隔出可以躲藏的洞穴，可以爬高的塔，可以追咬的跑道。或者，其實是牠們圈養著我，我的世界從此分為有貓和無貓，無貓的地方索然無味，總想快快回到與貓們共住之地，一面數落，一面撿拾牠們甩咬出來的紙片，像童話故事裡沿著麵包屑回來的小孩。

我和貓們住在一起是否快樂呢？拿起沒有鞋帶的鞋子，拎出洞穿的毛毯，清理出被踢到櫃子底下的紙本論文，顯然經過快意拽咬，鯊魚牙痕似的大鋸齒中還有小鋸齒，像神秘的波段圖。貓們是逗點，讓人在熟極而流的生活裡暫停幾秒，彎下腰去，把牠們從立刻就要翻查的書上搬開。

⑤

貓及其體系

養一隻陪伴動物，就像修一門沒完沒了的課。

新貓到來，不吃不喝，趕緊上網吸收知識，參考其他貓友經驗談；逛到沒買過的罐頭牌子，趕緊搜尋看看有沒有開箱文、試吃文；貓第一次打噴嚏，第一次嘔吐，第一次拉肚子，主人緊張到胃痛，好像再過五分鐘就要論文口試。

每個新時代的養貓人都上網自修。網路上一筆一筆資料堆疊，稍微留意發表年分，還可以看出飼養觀念的潮流變化。如今，如果只讓貓吃乾糧、不曉得區分主罐副罐，或沒學會看蛋白質脂肪灰份百分比，不曾動手汆燙過健康肉食試著餵餵看——簡直是惡人了——出去都沒朋友。養貓也有養貓的時尚以及支撐這時尚的知識體系，這些知識又合理催發寵物商品的衝動消費。是呀，知識體系也有它相應的物體系。

每個新時代養貓人也都愛上網討拍。怎麼討呢，自然是貼出貓的惡行惡狀，添油加醋，跟全天下告狀，其辭若有憾焉，其實乃深喜之。把書咬爛，是不是想跟書爭寵呀，把毛衣咬穿，是想念主人的氣味吧。注意到貓掌形狀、觸感與顏色，或三角形透光複雜轉動的耳朵，知道從貓額頭吸取日月精華，就會引來其他貓族人以「內行」讚許。

路邊得到野良貓翻肚討摸，到底要先摸還是先拍照上傳？博得貓青睞，猶如得到星星徽章一枚，不炫耀不行。當然，還得認真收看動物星球頻道節目《管教惡貓》（My Cat form Hell），儘管主持人的鬍子造型和綠框眼鏡頗為刺眼，但他談人與貓的相處之道，「你必須信任貓，貓才會信任你」，聽起來哲學得不得了。

貓甚至改寫了我的文學工作。比如說，以前課堂上教楊牧，喜歡挑內蘊身土不二意識的〈情詩〉、纏綿絕望的〈蘆葦地帶〉、昂揚緊張的〈失落的指環〉，現在呢，得再加上一首，〈貓住在開滿荼蘼花的巷子裡〉，反覆唸「想證明甚麼呢？光陰很長／很溫柔，像貓貓的鬍子」，噢，貓貓，貓貓貓貓，這聲響膩在鼻腔裡，讓人無限依戀。我因此存著一個自私的小願望：想聽一臉嚴肅的楊牧朗誦這首詩，想聽見楊牧說出貓貓。

960

⑥

貓的年輪

鸚鵡壽命很長，中型鸚鵡約活四十年，大型鸚鵡可達六十年以上，澳洲甚至存在著一隻百年鸚鵡。

這太讓人震驚，鸚鵡居然活得比萬惡人類更久，超過一世紀——經歷過世界大戰、冷戰、後冷戰，那雙眼睛是否飽經滄桑呢？飼養鸚鵡的人還得在遺書裡交代鸚鵡的歸宿。貓壽命大概十幾歲，偶然也聽說家貓活了超過二十年的傳奇，金氏世界紀錄最長壽的貓在美國，叫做 Creme Puff，活了三十八年去世，還有人為牠建立維基百科詞條。一般情況下，貓會死得比牠的主人早，這可能是好事，我不能想像我的貓在我死後如何生活。

老去的貓跳不高，跑不快，毛色轉薄，眼裡的光變得遲鈍，呼吸發出咻咻聲，像死神拉響了抽風機。朋友告訴我他十三歲的貓患了乳癌，新聞報導一隻貓屢被拋棄而得了憂鬱症，寵物健康網站耳提面命貓的口腔衛生否則得拔牙——那麼像人，牠們的朽敗跡象，天人五衰，再惡再美都不能避免走到這一步。把自家貓幼年時代的照片和現下發福的照片拼組成對照圖，貓主人嚷嚷受騙了，根本不是同一隻貓呀，當然，這數落中透露著喜悅，貓的發福是因為裝滿了愛。人類對自己的感受就不是這樣了，內心悲傷於年華的失去，線條的鬆頹，只是我們可以換個方向想：現在雖然一副肥宅樣，從前可是三重金城武呢！我也美過、剔透過，昨日當我年輕時，可以成天耍廢說大話可是一點都不腌臢……

在動物醫院牆上，讀到貓與人類的壽命對照。剛開始，牠們的年歲遠遠落後於我，等到吾家大貓活到第八年，牠將與我的年齡相當。牠成長一年，折合人類四年。等到我邁入初老年紀時，大貓居然已變成八十歲老頭子。牠們體內的時鐘轉動得比人類時鐘快上許多倍，彷彿死亡是個巨大磁石似的，吸引某些物種更迅速回到祂身邊。

⑦ 擬生態

文學作品中第一隻令我印象深刻的貓，並非《愛麗絲夢遊仙境》柴郡貓，而是《金瓶梅詞話》裡的雪獅子。

潘金蓮素以生肉餵飼，雪獅子養成了習慣，一日見到女主人與西門慶傾情燕好，紗帳內肉態可掬，竟把西門慶的身體看成了可以撲咬的生肉條。貓立刻遭到喝斥驅逐，不過，也為床笫增添了樂趣。小說家費力描寫這場警，香活又奇突，當然不是只為了趣味。嬰兒躺在床上，也像等待食用的生肉，這頭貓過一陣子就對李瓶兒生下的男嬰如法炮製，孩子唬著了，不多時就死了。這可說是替潘金蓮除患，她一直與李瓶兒爭寵。

男人的器官，以及赤軟的嬰兒，在雪獅子眼中全屬於生肉。貓不懂欲仙欲死的滋味，也不見得明瞭性愛、生殖與家內權力的複雜連動。這多重隱喻當然關乎食與色，吃與被吃不過一體二面。

有意思的是，當代貓飼育學的主流意見，認為要盡量符合生物本來在野外生活的習性。貓們原是自行撲殺小動物生吃，於是，處理過的、清潔新鮮的生肉，成為貓食商品新寵。朋友買了生肉餐給自家貓吃，貓不買帳，她轉贈給我，讓吾家二貓嚐嚐鮮。結果只有小貓快樂接收，問題是這頭小貓來者不拒，藥粉拌在食物內也搶著吃，不像大貓，一下子就嗅出藥味，撇開頭去。大貓看見碗裡攤著兩片生肉，聞一聞，輪流伸出兩隻腳掌按一按，似乎頗為困惑，走開了。

有意思的是，當代貓飼育學的主流意見，認為要盡量符合生物本來在野外生活的習性。貓們原是自行撲殺小動物生吃，於是，處理過的、清潔新鮮的生肉，成為貓食商品新寵。朋友買了生肉餐給自家貓吃，貓不買帳，她轉贈給我，讓吾家二貓嚐嚐鮮。結果只有小貓快樂接收，問題是這頭小貓來者不拒，藥粉拌在食物內也搶著吃，不像大貓，一下子就嗅出藥味，撇開頭去。大貓看見碗裡攤著兩片生肉，聞一聞，輪流伸出兩隻腳掌按一按，似乎頗為困惑，走開了。

即使不吃生肉，貓仍有奔獵、撲咬的需求。很遺憾，人類在室內空間提供的模擬程度很差勁。不管逗貓棒羽毛多鮮豔，鈴聲多響亮，手腕甩動多麼富彈性，又多麼善於利用室內空間曲折轉彎處製造懸疑，效力仍逐漸減弱。附電池、自動嚶嚶亂跑的模擬假老鼠，專門製作給貓的打地鼠，貓草魚形玩偶，貓自嗨發球機……，總之，牠們知道那是假貨。

偶然窗外飛來麻雀，白頭翁，二貓呼唰擠到窗口，無奈隔著玻璃。活生生的東西才好玩，閒來沒事，大貓和小貓成了彼此最好的玩具。

⑧

可愛的凶物

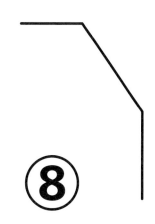

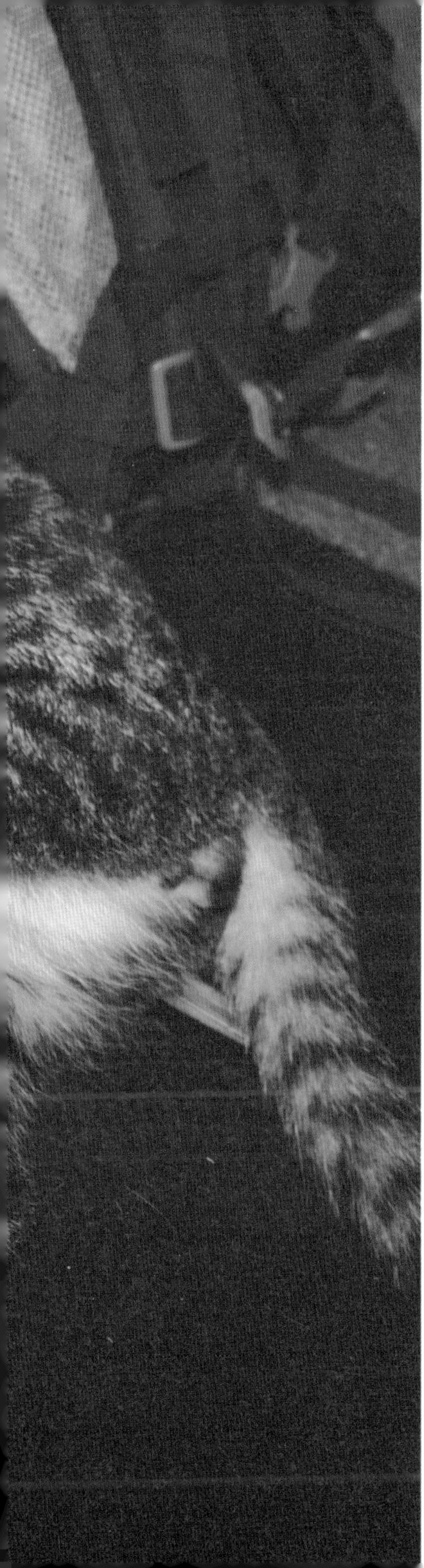

動物亦有人性——飼貓者汲汲於分享貓的各種作為，叫都叫不來的傲嬌、偷取食物吃的謹慎貪婪、陪主人彈琴時左蹭右轉的黏膩、母貓哺育小貓時抬起身舔舐牠們的頭——這些表現帶有情緒、情感，顯示了追捕獵物之外的靈性，彷彿就與人類相通。就像猿猴和水豚愛泡溫泉、鸚鵡愛作弄愛破壞，都因為行為能與人類相連類比，常在可愛寵物影片擔綱，為人類枯燥生活帶來安全的潤滑。

張愛玲早寫過：「自我犧牲的母愛是美德，可是這種美德是我們的獸祖先遺傳下來的，我們的家畜也同樣具有的——我們似乎不能引以自傲。」其實，二者之間的共通，更可以看成是人近於獸類；我們的情緒、情感，難道不是因為所愛在前、所欲被奪，引發了喜悅與忌妒、痛惜與恨悔？只是我們所愛欲者，不僅是淋漓可食的血肉，還包含了象徵化了的利益，可在人類世界中貨幣一般使用，交換購買到更多。

然而，我記得童年時代，看見家裡放養的大黃貓玩弄路邊捕到的小鼠。玩具不識險途，搖搖擺擺跑過，根本自己送上門來；貓已經吃飽了，仍一把攫住，不急著吃，一掌按住，另一掌歡快擊打獵物。玩具奄奄一息，牠又忽然放開，全身悄悄後退，身上毛皮一匝一匝聳動著，表示正處於緊湊的注意力裡。小鼠感覺身上壓力一鬆，也許太過恐怖而不敢四處張望，只依憑著本能立刻就往前逃竄，不過逃了五步十步，大黃貓探身，出手，一把按住，拖將回來，所有步驟再重複一次。

就這樣，抓了又放，放了又抓，小鼠也許疑惑身處噩夢，怎麼地獄永不結束？

反覆多次後，大黃貓累了，張口兩三下就吃掉了。掠食者滿足地舔舔嘴，舔舔手，那張臉和平日睡在我膝頭時一樣滿足。

施虐作為嬉戲，本是情與欲的拿手好戲，隱藏著權力與臣服的快樂。對貓來說，又與情欲無關，純粹是被人類想像為可愛的物種，顯露本然凶性罷了。施虐作為嬉戲，或許只有人類能夠拿來再擴大，比如警察對示威者的逗弄與攻擊，比如警察喬扮示威者衝撞升高情勢，令鎮壓名正言順，催淚煙霧裡是暴力的舞蹈。

⑨

少爺與不甘心的諧星

貓飼料花樣眾多，藍莓羊肉，蔓越莓雞肉，蘋果牛肉，甜橙鯡魚，哈密瓜鴨肉，好像那是什麼歐式餐廳菜單。貓罐頭也紛紛標示出摻有木瓜，乳酪，鳳梨，豌豆，紅蘿蔔，蝦仁，魷魚，干貝，營養均衡，陣容豪華。另外，正餐之間嘴饞了，還有油漬雞腿，風乾丁香魚，鮪魚餡餅可選擇。如果貓胃口不佳，還可撒上鮭魚鬆、香菇鬆，來激發食慾。

想想每天中午，自己不過在巷子口肉燥乾麵、隔壁巷子咖哩飯、便利商店微波便當之間選擇——人還真不如人養的貓。

吾家大貓剛剛撿回來時，小不溜丟，瑟瑟發抖，偶然吃到一點魚罐頭，全身好像要埋進碗裡，感恩 seafood，讚嘆 seafood。

然而，食物再肥美，身體也會習慣。《紅樓夢》裡賈府眾人要吃到奶油與肉食並不難，倒是劉姥姥帶來新鮮菜蔬，獲得一致讚美。大貓逐漸長成，挑嘴得不得了，以前願意喫的，現在多半不喫，不只拒絕，還要特別走到碗旁，伏身作出撥沙動作，嘁嚓有聲，表示這食物是什麼鬼東西，臭得跟排泄物一樣，好意思拿來給本大王？好了，現在牛肉、羊肉、雞肉、鴨肉，一概列為黑名單，只喫魚，而且很少喫完，少爺似的，總要留兩口，小貓路過一見，喜心翻倒，衝上去收拾殘局。

至於小貓，搶食到六親不認的地步（天呀這事情我到底抱怨過幾次了！），總被隔離在廚房裡喫。因此牠產生了懷疑：到底大貓獨自在門扉緊閉的書房裡享受什麼好料？一面想，一面呼溜呼溜囫圇吞下自己碗裡的東西，快步奔向書房門口，鼻子湊在門縫，使勁地嗅著，最後判斷大貓肯定喫得比牠更好，就大聲嚎叫起來，不是喵喵那種叫聲，是哇啊哇啊鏘鏘鏘來人啊問天問大地這一類的嘶吼。

在小貓嘶吼聲中，啊，水燒開了，沒有木瓜干貝鮪魚罐頭可以喫的我，午餐是阿Q桶麵 seafood 口味。

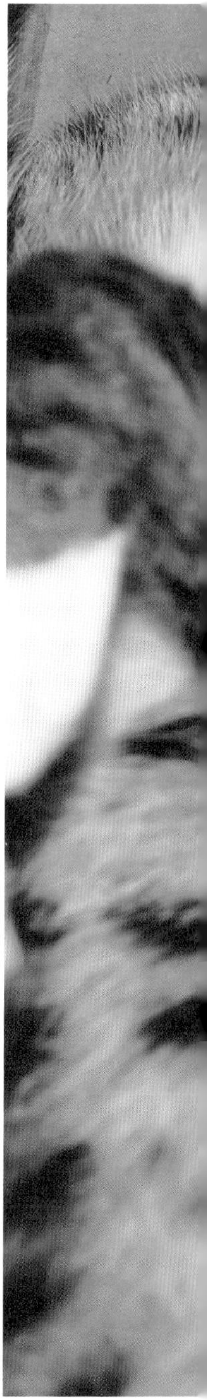

⑩

毛起來

孫悟空自慢「你去乾坤四海問一問，我是歷代馳名第一妖」，態度實在可愛。小時候讀《西遊記》，孫行者拔一根毛，吹一口氣，就能製作無數分身來欺敵，羨慕得不得了；周末被爸媽圈拘在家裡寫作業時，多想拔一根頭髮，吹一口氣，就能有個分身在書桌前欺敵（爸媽就是敵人無誤），本體則趕緊和同學約好到附近雜草空地上去探險。

人類壓力太大，可能出現過度掉髮、局部禿頭。鸚鵡如果感覺被主人怠慢，據說會拔起羽毛，以一己之痛苦懲罰主人，獸醫院裡淚眼模糊的人類捧著鸚鵡，只差沒叩頭懺悔。貓如果焦慮，也會外發為過度理毛，弄得光禿禿的，以異形般裸身質問主人。

吾家大小二貓，也許我照顧得還行，目前還沒出現這類行為。但牠們掉毛，換毛，毛揮發於空氣裡，沾滿窗簾，衣服，書本，杯盤，沖好咖啡，熱氣裡浮現一根毛，等候達摩渡江。冰箱與鞋櫃底下更時常可以掃出和灰塵絞在一起的毛團，像雲朵落入凡間，髒溜溜的飛不回去。

拿出尖齒梳，小貓欣然俯就，還會自行轉側，明示我應該多梳哪一邊，連閃電狀尾巴也要揪住，分段梳理。大貓十分討厭梳毛，才耙了一下，牠就聳動身體，好像要把梳子推走似的；再多耙兩下，就抬起四肢，凹下背脊，尾巴用力擊地，表示老—子—要—走；如果不死心，直接按住這條好大的虎皮蛋糕，牠必然扭身過來，咬我虎口，手腕，王八蛋夠了喔！這掙扎過程中，貓毛四起，你去四海乾坤問一問，本貓是歷代馳名第一毛。

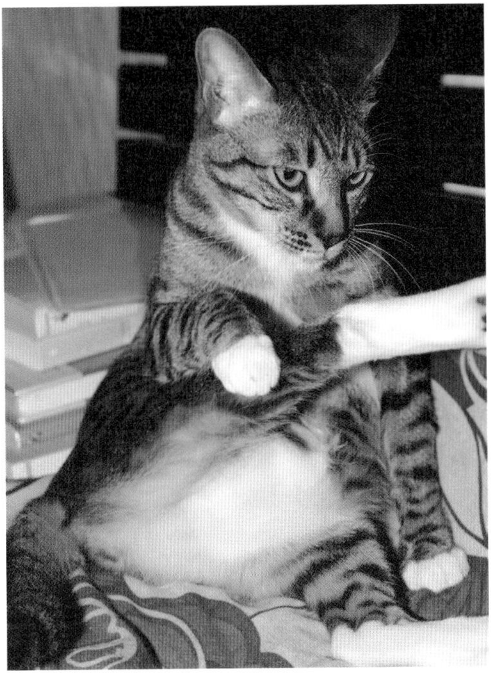

出國旅行，只好把貓留在家裡，請朋友照看。飛機還沒飛多遠呢，忍不住想，雙貓這時候是不是正在推倒路障、咬爛圖書呢？低頭看見大衣上幾根貓毛，黑白各半，大概來自小貓，棕灰黑漸層，大概來自大貓。貓毛伴我走天涯。

⑪

衣沾不足惜，但使貓無違

6
pigeon
ピジョン
親子で乳歯ケア
仕上げ専用歯ブラシ
歯が生え始める頃から
10520
シアゲ 6−1.5
10×6
ピジョン株式会社
149 02508 10384 5

家貓的領地意識，最顯著表現在兩點：第一，紙箱；第二，衣服。

凡出現新的紙箱，裝書的，裝罐頭的，裝主人失心瘋網購留下的衣服，一概佔領。紙箱沒打開，先巍峨若王者挺立於箱頂；紙箱正在打開，則探頭探腦伸手伸腳好像牠本貓會讀書會開罐頭似的；紙箱內清空完畢，則狐狸鑽雪地，一躍而入，試著橫躺看看，躺之不足則咬，咬了就甩頭噴到椅子底，家裡髒亂不堪都是貓的錯。

看過太多貓主人血淚控訴，我打定主意，不幫牠們買各式花俏貓窩。凡是人類不想用在自己身上的（覺得蠢），就會想讓貓用用看（想知道看起來可以蠢到什麼地步）——恐龍帽，吐司墊，金字塔，水手服，虎皮背心——然而真相是，買了個一千五百元的蘑菇貓屋，興沖沖當著貓眼前拎出來，裡頭甚至撒了點貓草，想起到勸誘效果，然後就可以拍照笑牠蠢。貓卻只是走來聞一聞，踩一踩，再一臉淡定走到旁邊的爛紙箱去睡——

貓的占領大業，還可以有另一個更溫暖的目標：人類剛剛脫下來隨手搭在椅背接著滑到地板上的那件外套。一屁股就坐上去，然後躺平，打滾，蹭啊蹭，甚至舔一舔，磨個牙，彷彿在宣示：你是我的，你帶你的生生世世來讓我打地鋪。每一件洋裝抖一抖，飄散出貓的風味，出門的煩惱是到底還有哪一件衣服不會貓毛亂飛。貓以身體來蓋章，悄無聲息的那種掠奪。

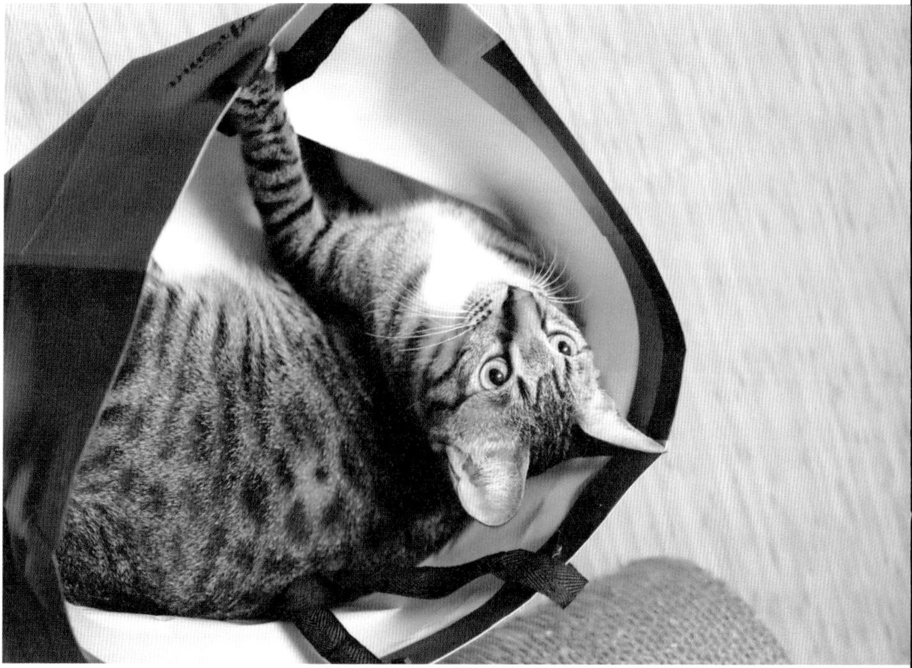

捷運車廂裡，擁擠時刻，忽然發現前面努力拉著吊環保持平衡的乘客，黑呢大衣上全是細毫，銀白、黃變黑、黑變灰；時間無涯的荒野裡，不禁生出故知之感：「噢，你也在這裡嗎？」

你也懶得清貓毛就出門了嗎！

註：文中改作了周夢蝶詩句「我是你的，我帶我的生生世世來／為你遮雨」以及張愛玲〈愛〉的結尾。

⑫

貓和牠們的房子

人到中年，不憚存款貧乏，竟興起買房之想。東看看西看看之餘，不免設想怎樣裝潢可以讓家中二貓更開心，求助於古狗大神，果不其然，網上神人眾多，人貓共宅早有不少實踐案例。

比如：近天花板處安排一環繞客廳高低起伏的貓道，或書櫃底板長度參差讓貓憑藉跳躍，留整面牆設置貓跳台以顯尊榮，橫架風管讓貓躲藏兼享受山洞匍匐探索的快感，或每一道房門均設有貓門以便利牠們巡視全部領土。還有更浮誇的，設計一內設實木攀爬架的懸浮玻璃貓房，人貓一起充分享受採光；當然，我有點懷疑這是否真是貓想要的？一個透明大箱子，重點是展示與看視，貓更需要的應該是可供躲藏休息的黑暗處吧？

住宅內設置貓道，我最嚮往。尋常購買貓糧的一家寵物用品店，店內三頭大貓，毛髮豐厚柔軟，腳掌碩大，輕盈穿梭於各罐頭飼料貨架，常見一手提著購物籃、一手撫著店貓的客人，臉上露出恍惚幸福神情，背後宛然放光，宅男忽受女神青睞，大抵如此。該店二樓天花板下即設有雙層貓道，貓喜歡居高臨下，常奔走於貓道之上，一團毛光滾動，播散異香，底下的客人又懾於不思議之大力量，均木立於貨架之間，臉部肌肉幽微顫動，靜穆瞻仰，嘴巴微張，頸項隨貓轉動，一時不知身之所置。

貓和人，同樣被視為住家空間安排上的重點，把貓確實當作生活伴侶，似乎比蒐羅各種容易被貓嫌棄的貓玩具、購買容易掉毛的淘寶貓跳台、試遍各種貓罐頭（不少貓主人會親自試吃），要更進一步。成本更高，決心更強。

所以，審視房屋時會顧慮：對外窗不夠大，巷道距離太窄，不利於貓的野望；採光不佳，貓們不能曬到太陽，未免可憐；迂迴的廊道本來算是空間浪費，不過，貓們也許會覺得利於衝刺、利於躲藏伺敵。看房時如果發現屋主也養貓，該貓甚至不畏陌生客，過來聞一聞，蹭一蹭，吾人以熟練之手勢與態度和貓社交，屋主看在眼裡，臉上流露激賞，空氣中立即充滿了和睦。

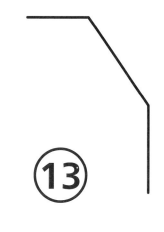

⑬

花貓交相映

清晨，天還未大亮，臥室門外鬼哭神嚎。小貓天生能自己發出音階錯亂的複聲合唱，即使我再愛牠，也無法昧著良心稱之為好聽；大貓先以低鳴為前奏，漸次加強，最後放開喉嚨大叫。聲音之侵擾無法奏效，則親身上陣。

首先，我胸口突增重量，小貓爬上來，與我的臉相距五公分，呼吸相聞，毛茸茸地壓迫過來；大貓在腳旁，拿牠圓圓的頭頂撞我，無效，則加碼，抱住我小腿，就榻一滾，後腳有力地踢騰幾下，又快又準，力道拿捏剛好，不至於讓主人暴怒，也無法繼續裝傻。

這是牠們呼喚我起床的儀式。家貓與主人的互動非常率意，大抵因為信任，表達相當親密，直接。走在外頭的巷弄裡，偶然遇見得時時應對危險的野貓同樣親密直接，總讓人驚訝。

我家到捷運站之間的某處巷口，歸一丸大黑貓管轄，天熱了牠就躺臥在某戶人家的越牆九重葛底下乘涼，植物茂密到近乎妖氣，花開如熾雲，貓眼底也像積著一層粉霧。天陰了，牠會神氣地站在綠色變電箱上，只要眼神跟牠對上，都能得到咪嗚招呼。如果停下車，伸手討牠的青睞，牠也從不吝惜，立即把頭顱就湊到我手掌底下磨蹭。我通常稱牠為大黑，有次經過，兩個小孩正停下來跟牠玩耍，也順口叫牠大黑，看來有志一同。以前家裡大貓小貓還沒來，老動念是不是要收養大黑，試著把牠抱到腳踏車籃子裡，嚇，居然坐好坐滿，不動了，朝我咪嗚咪嗚。但是，大黑與九重葛人家看上去關係不錯，那戶人家總把大門推開一個大縫，貓可以鑽進鑽出，是放養嗎？牠的食盆擱在變電箱上，又彷彿只是幸運的野貓，受到周圍鄰居愛護。

猶豫了好長時間，忽然撿到了當時還是瘦弱幼貓的大貓，就沒繼續打大黑的主意了。多次經過，不知怎地，見到牠的次數變得好少。哎，下午就來去看看大黑吧，這麼熱，夏天要來了，牠會在九重葛底下花貓交相映嗎？

⑭

貓膩

豐子愷愛貓，漫畫作品中常見貓。比如畫大耳朵白貓對住一碗魚，題字曰：「春節人人樂，我吃魚一條。年豐穀倉滿，防鼠有功勞。」這是貓的口吻，意思是過年了我確實該吃這麼一條魚，畢竟平常幫你們人類抓了老鼠呀。又畫過黑貓叼著一尾魚跑掉，廚娘模樣的人追在後頭，題字曰「貪汙的貓」；或貓打開了捕鼠器機關，小老鼠慌忙跑走，叫做「解放」，頗具時代性，類似資本家的悔悟之類的。

這些貓畫寄託了人類的情感，線條那麼簡素，特別展現出一種和美。至於豐子愷本人，當然也留下了愛貓家的照片，伏案時肩頭上擔著小貓，斂眉讀書時帽子頂也赫然一頭小貓，看了實在羨慕。羨慕多年，終於出現實踐的契機！大貓還小的時候，掂量著好像跟豐子愷照片裡的貓看起來差不多，試著放上肩膀，結果根本坐不住，下一秒就往前一跳直接蹦上電腦鍵盤，砰匍踩過，順腳踢倒茶杯，揚長而去，當然更不要想放在頭上這等不可能的任務了。

倒是小貓來了以後，熱愛攀爬人體，喜歡癱倒在我們懷抱裡。不大理牠，就使出裝熟魔人伎倆自己來勾肩搭背，舔手咬腳趾，非得讓人放下手邊工作來抱抱不可。小貓最常做的，是從我座椅背後一躍而上，顫巍巍地蹲伏在因為披掛了大量外套層層烘托出厚度來的椅頭，側身緊挨著我的背，軟綿綿地呵氣在我頸後，觸鬚這裡點一下，那裡點一下，若有似無，簡直變態。不過呢，小貓日漸長大，身長體胖，這椅頭牠往往立不了太久，最多三十秒，看是牠先跳走，還是我先掙脫。

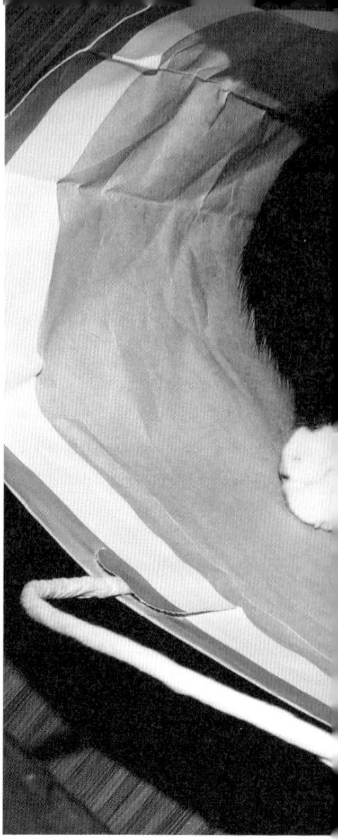

大貓如此冷淡，小貓如此黏膩，配合得天衣無縫。走廊那頭，大貓遠遠坐著，舔舔腳掌，看書房裡小貓臉仔細頰蹭過所有家具，到處標記，早晚重複，從不厭煩，彷彿快樂的守財奴，一次又一次確認牠的財產清單。

⑮

宅宅貓

養貓過程像練習一門技藝，不斷在錯誤中學習。

大貓年幼時，個頭小，好奇心大過恐懼感，我常常替牠拴上背帶，放進鋪了厚毛巾的腳踏車前籃，巷子裡到處兜風。貓睜大眼睛吸收流動街景，風吹過牠還亂茸茸的毛，前腳搭在籃子邊緣，停紅燈時偶然對旁邊的機車騎士或飛過的鴿子叫一聲，從不羞縮。越長大，就越戀家，對陌生環境和陌生人越緊張，我卻沒有及時發現。

有次我居然拎大貓去朋友的小派對，牠躲在隔壁房間沙發底下三個小時，打死不出來；回想起來，貓不管在現場或回家後，都不曾就地便溺抗議，已算給我面子。又有一次，拎去河濱公園，周末下午，不少人在那裡打球、慢跑，聲響又雜又多，空間又太過開放，開了籠門，貓整個瑟縮在裡頭，硬是抱出來，就伸出爪子死死攀住我不放，想把牠放到公園長椅上，就立即匍匐爬過來緊緊挨著我，渾身發抖，只好回籠，提早結束戶外活動。

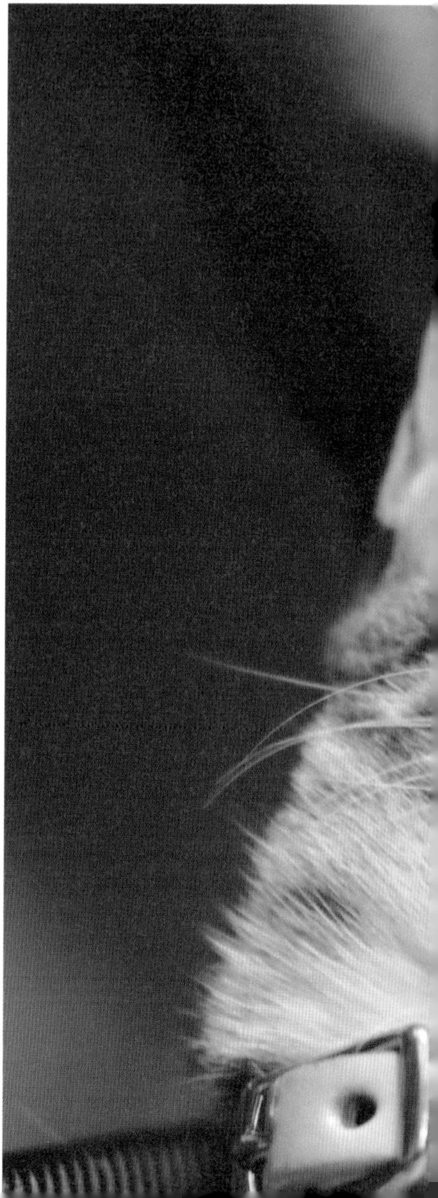

不過，如果是在自己家裡，場面就不同。按了電鈴氣喘吁吁在鐵門欄杆外露出臉的快遞人員，敲門收房租或來分享絲瓜麵線的房東夫婦，偶然來訪但盤桓時間甚久的友人，進來拆卸或安裝冷氣機的師傅等等，貓大抵視為侵門踏戶，但牠們不一定害怕，因為身處充滿安全氣味標記的環境。大貓通常擺出主人款，在冷氣師傅旁邊繞圈，試探性對工具袋撥撥推推，或跳到書櫃頂上，盡可

能與師傅高度不差太遠，方便監視；至於小貓，一開始忙不迭衝回臥室躲著，豎耳朵聽聽書房動靜，確認危險不大，遮遮掩掩跑出來，先躲門後，再躲凳子底下，欺敵前進似的，最後才大方現身，一旦現身就完全放開，居然跑到師傅腳邊蹭來蹭去，拿臉頰挨著擦著，做起記號來了——

——喂喂，不要裝熟，不要把人家也登記到你財產清單上啊。

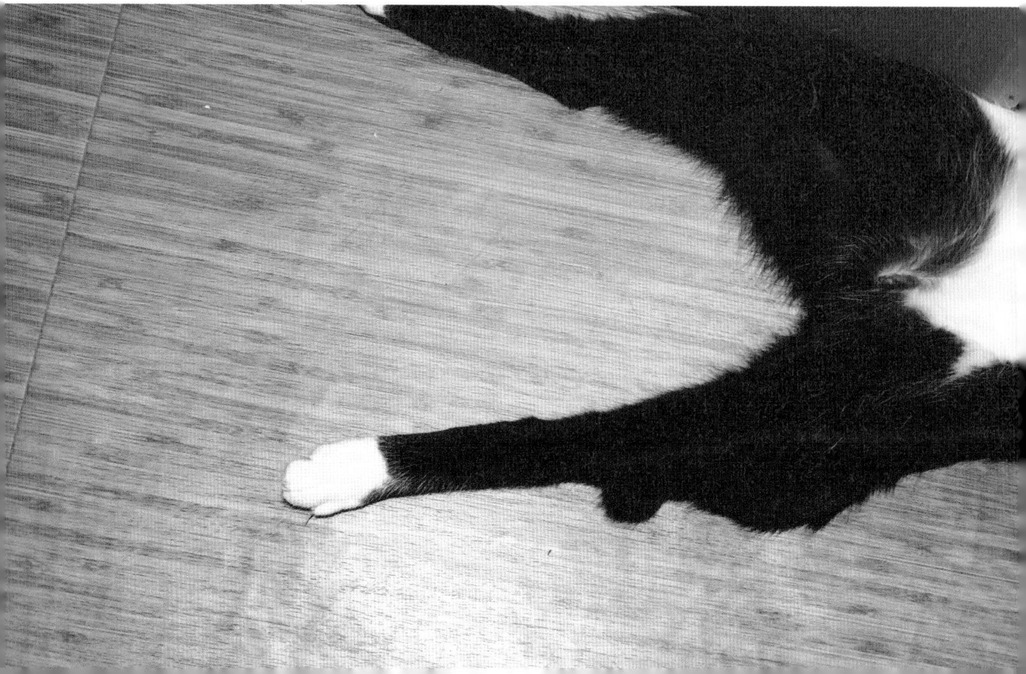

⑯

葉子與飛鳥

忽然就熱起來了，蚊子無孔不入，無入而不自得。桌子上同時擱著小護士藥膏、綠油精，以及檳城帶回來的豆蔻膏、豆蔻花膏，電蚊拍也隨侍於桌旁。兩貓冷眼看著比牠們大上許多倍的人類，輕易被那麼細小生物干擾到發瘋。

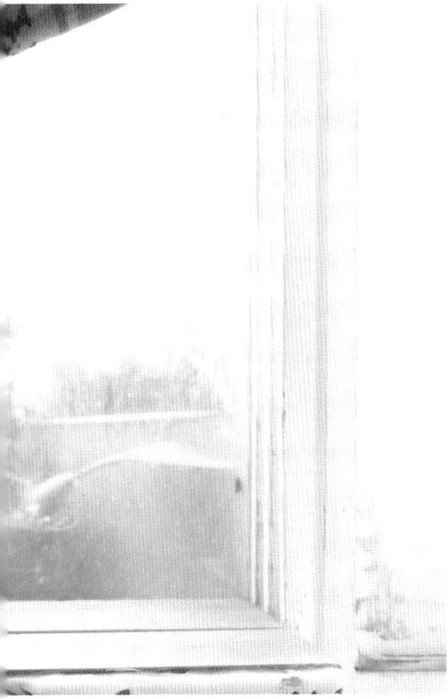

我很愛這類塗抹蚊蟲叮咬的藥膏氣味，微甜而辛香，揮發性強，沒事打開蓋子來深深一嗅，也心滿意足。如果手臂擦了豆蔻膏，慢慢靠近，貓先翕動鼻子，然後脖子一仰，整張臉歪斜著向後縮，前腳微微抬起，倏地轉頭跑掉。

有段時間，貓們對於家裡的植物充滿興趣，各種尺寸葉片都要咬一咬才甘心，口感好的，就嚼爛，口感差的，咬個洞作數。不可思議

的是，大貓居然曾咬爛一棵仙人掌——傍晚回家，空氣中淡淡散放著什麼氣味，開燈一看，地上斷續迤邐透明綠血，循線到廚房，才發現擱在窗板上的小盆栽滾落地上，倒楣的仙人掌早被拖出土來，嚼得扁扁的，甩在牆角。牠是怎麼解決那些刺的！

為了嚇阻，睡前曾在植物附近檯面點抹辛香藥膏，果然，貓們面露厭惡，節節後退，坐得遠遠的，空望著植物微微搖動如翅膀。但這不表示危機解除。藥膏揮發性過一陣子就會消散，隔天早上，該倒的盆栽還是倒了，打了洞的葉子，活頁紙也似，飄落長椅底下。

對植物，牠們現在一概失去興趣。天氣好的時候，兩貓穿花拂葉，參差跳上窗台，仰頭看天，耳朵精微轉動，瞳孔縮成針，非常專注。守候著，能引起注意的是鳥。高高舊鐵花窗上常乘風飛來鴿子，珠頸斑鳩，綠繡眼，白頭翁，燕子，常見的鳥類。兩貓非常入神，一躍而起，卻發現撲到的是玻璃，措手不及，狼狽跌落，尊嚴與本能使然，落地瞬間一定翻身趑趄站好，然後沒事一樣走開。

⑰

被騙但快樂著

周末逛 IKEA，某處大螢幕前木立著幾個面容呆滯但雙目發光的顧客，一瞥之下，發現螢幕上竟然翻滾過一頭豹貓，我也加入了木立之行列。

原來家具公司為寵物開發產品，拍了一支影片來解釋他們的構想。這些商品針對貓和狗——最普遍與人類共住在同一個屋簷下的動物（不包含關在屋外柵欄內，必須為人類生產奶、蛋、肉、油的那些）。影片內挑選的貓，包括出現了三秒的豹貓，華美紋路讓人兩眼發直，數隻捲茸茸幼貓，放進木格櫃裡會異形般爭先恐後擠出並立即讓人失去意志力，還有一頭白貓，富泰得很，從木格子改造的貓窩抓門後頭施施然探出一顆大頭，那瞬間，無聲讚嘆如淡風，從所有觀影者三萬六千毛孔中吹出。

影片結束，顧客分成兩批，一批立刻轉身尋覓那些商品究竟在何處，另一批則準備再看一次，不是為了商品，是為了那些精挑細選、拍攝出誘惑力的動物形象。至於我個人——有點羞恥——兩批顧客中都有我的份。

抱著某件貓商品回家後，立即向二貓獻寶，並欣喜於牠們賞臉愛用。然而，內心多少有些不忿，像掉入了某種騙局裡頭，又對自己有些失望：竟然我就是那個被精準算計網羅住的消費者。不幸的是，這樣的經驗並非頭一次，之前在某連鎖超商內，忽然發現竟然擴大了貓用品規模，罐頭不再只有貓論壇上人人搖頭的品牌，還兼售逗貓器具、貓草魚形玩偶等等，徘徊許久，仔細檢視每個商品，最後還真的買了一支會震動發亮（不是色情玩具！）的彈性橡膠（真的不是色情玩具！）小熊逗貓棒。

至於那些在寵物用品店內因為低價而隨手東買西買的小玩意，嗡嗡叫電動小老鼠（撞到桌腳不會轉彎），噹噹響鏤空塑膠球，鮮豔羽毛黏製而成的假鳥，貓玩了一陣以後往往就踢到冰箱、行李箱、沙發底下去了，蒙塵如昨日愛情。真正恆久得到喜愛的，竟然是一條曾灑有貓草、真蔥大小的布製假蔥，都買來超過一年了，時不時仍看到小貓雜耍也似拋接著那條，啊，走味的蔥（洗太多次了啦）。

⑱

孤獨美食家

偶然聽見朋友說，她家的貓只吃同一個牌子罐頭，當下我立刻就想跟她交換貓來養（請不要告訴我家的貓）。養到個性這麼樸實的貓，根本前世燒香。

大貓剛來，我還沒培養起貓必須吃濕食的知識，以為罐頭是一種偶然的獎賞。確實，一週三次，唰地打開貓罐頭，光聽到聲響，聞到香味，貓尾巴就豎得直直地一路狂奔到固定放食碗的位置旁，望著我如大旱望雲霓。當然，碗內絕對不會留下任何殘餘，令飼主極有成就感，也因此我終於理解阿嬤煮得滿桌看孫子狼吞虎嚥而面露欣慰的心境了。

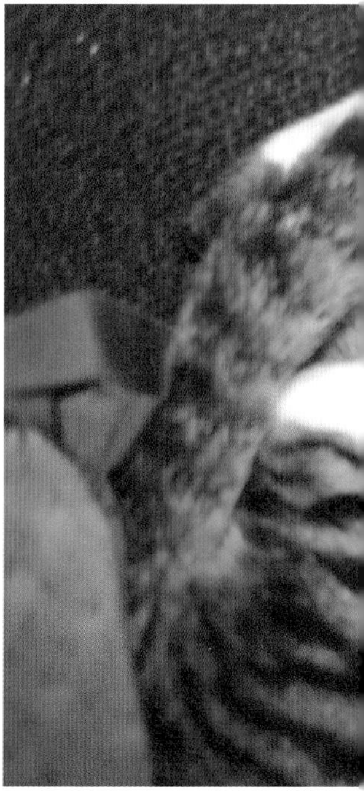

不過，時移事往，以上記憶已不堪回首了。現在呢，大貓已蛻變為經驗老到的罐頭品賞家：加水拌好的罐頭，不能一下子就湊到牠鼻子前，牠會立刻後退，責怪我的唐突，必須先隔著大約三五公分遠，讓牠從容地嗅一嗅，有點興趣了，就會改變懶散坐姿，站起來伸個懶腰，然後湊到碗裡舔個幾口，表示欣賞，接著我就可以端著碗，領著貓，到牠慣常吃飯的書架旁，就定位後，把書房門關上，以免小貓搶食。大貓儼然孤獨美食家。

倘若遇到牠不賞臉的，在從容嗅一嗅這個階段就會打住。如果這新開罐頭氣味實在人間地獄，就伏身作出撥沙狀，撥得越多次，表達這罐頭惡劣程度越高。養貓高手開示：家中須同時備有八到十種不同口味不同牌子罐頭，處變不驚，以變應變。人可以挑嘴，貓為什麼不能呢？無論如何，聽到有些人家裡的貓可以長年只吃同一種罐頭，就忍不住想，天啊我前生是做了多少缺德事這輩子每天開罐頭看臉色！

不過，如果僅僅挑嘴，飼主還不會無所適從，最討厭的就是，個把月前願意吃的，現在撥沙回應，走到窗口躺著，表示寧願餓死也不破壞品味，或快快樂樂吃上兩週每次均清空不殘留的，有一天忽然饜足，掉頭而去，永不回顧，從此之後不能再勸牠吃一口。

這時候，如同電視劇那樣，那個深受打擊，張嘴悄立，而畫面一層層後退縮小的，並非那個孤獨美食家本身，而是飼主。每個孤獨美食家之貓的背後，都存在著一個更孤獨的飼主。

⑲

貓下身

周作人〈上下身〉一文提倡：被道德觀割裂的上身與下身，沒有本末尊卑淨汙之分，應重新視為一體。貓體渾然，任何愛貓人總是愛整個的貓，沒有愛上半身不愛下半身的道理。但我現在要談的就是貓的下半身。

吾家大貓擁有一條長尾巴，完美強勁，條紋越靠近尾端越密，最後沒入黑色；這條尾巴拍打所有能拍打的，表達它對這個世界的不屑。吾家小貓則為閃電尾，不能像大貓那樣使起來圓轉如意，有限活動幅度裡，仍盡量表現心情。別人擁有的，永遠比自己擁有的更好，因此，大貓的長尾巴對小貓來說乃新奇之物，時時看到牠環繞著那條異物，左右騰躍，又捉又咬。昨日在國家地理頻道網站上，看見幼河馬汆游泥水，想和老鱷魚尾巴嬉戲的影片，鱷魚煩不勝煩，實在可憫，真想叫大貓一起來看，一定心有戚戚。

再者，吾家二貓均為公貓，時間差不多了，就得送到獸醫那裡。尤其大貓，大概七、八個月大，獸醫觀覽其下身，忍不住讚嘆：「長得好啊。」蛋蛋長得再好，最後也是身外物。公貓絕育手術傷口小，恢復得快，不到三天就奔前奔後，渾然不知自身已變成性別曖昧之貓。

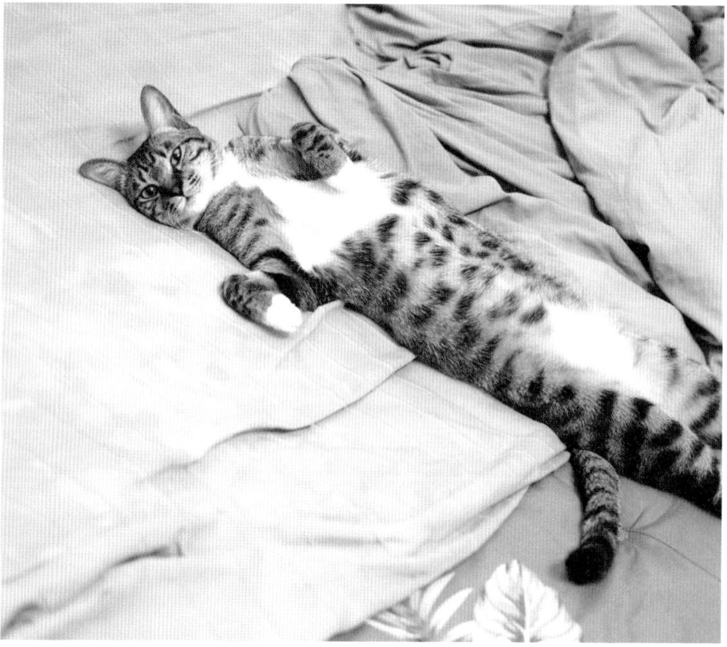

與下身密切相關，養貓人不可能不注意砂盆及其內容物。何況貓砂品目眾多，礦砂，木屑砂，豆腐砂，水晶砂，紙砂，玉米砂，菜單似的。養貓大業伊始，不知道該買哪一款貓砂，上網認真做功課，貓友們詳細解說，無所不至，有如用功派文學系學生交來的文本細讀作業。既然和排泄有關，就不只貓砂，也會牽涉到食物，從飲食到排泄，仔細審視貓的健康。（後方傳來窸窣聲，天呀是大貓在蹲廁所，他閣下雖擁有曠世美型但上完從不掩埋，金玉其外，其實是個噁男）為了佐證，不少文章都會附上自家貓排泄物實況照，且貓友會激動帶水光般描述：自從改用某某砂，貓砂盆風景就不同了，啊，凝結完好、顏色恰當、不散不軟——口吻近乎鑑賞家了。

⑳

貓與我的固執

養了貓，很難出門太久。目前試過最長時間十一天。

那次回家，大貓分明蹲坐在鞋櫃上探頭看我，待我把行李推進門，立刻伸爪子搭上箱子，抓耙兩下，扭頭就跑。我跟著到廚房，牠回頭看我一眼，以和豐腴身軀極不相襯的靈活度與速度垂直竄上後陽台門上方小平台，再居高臨下釘了幾眼，幾秒後轉身躺下，背對著我，叫都叫不聽。

只好搬了高板凳，站上去，想把大貓抱下來親熱一番。牠立刻伸直了前腳死死抓住門框反抗，好不容易拽到懷裡，一面亂啾，一面低聲道歉，然後奉上好吃的鮪魚肉泥，牠閣下才表情逐漸鬆落，吃完零食，勉強原諒我。

出門兩天以上，就得拜託朋友來看貓。根據回報，大貓對主人極其認真，看到來客居然坐上主人的椅子，會立刻跳上桌子，面對面以兇惡表情威嚇，口中呼喝有聲，此中深意大約可翻譯為：我家人類雖然混蛋，但這還是他們的位置噢，走開走開。至於小貓，世界觀一向單純，凡是帶了食物來的都壞不到哪裡去，據說在這種時刻都會出來保護餵食者，甚至和大貓咬耳朵，大概是說這人都帶了罐頭來了我們要客氣點，沒有功勞也有苦勞。經過提醒勸說，大貓才悻悻然離去。也聽說誰家誰家的貓，主人出門五天七天可以通通不管，請人照看一兩次即可。心下有點羨慕，可從沒想到要在自家貓身上實驗。吾家二貓，大貓壞脾氣，小貓極貪吃，排泄量均十分驚人，早晚又飛身扭打數回合所過之處無不崩解，沒人開罐頭、沒人補乾糧、沒人鏟貓砂，那整個住家會變成什麼等級的人間地獄，實在不敢想像。

是我太依賴貓了吧？所以貓也依賴我了。出門旅行，總會在教堂的浮雕或排水獸、寺廟姿態各異的石獅子臉上，看見吾家二貓的影子。分明不怎麼像，純粹貓癌作祟。

㉑

專屬位置

郵政股份有限公司
box1
民友畫報
17
1

多年前，路過德國南部某小鎮，面街一扇窗戶上貼了紙條，寫了一行德文。同行友人翻譯：「這是賽巴斯提安的專屬位置。喵。」好奇看了一下，窗台上擱著一塊灰綠厚毯子。不一會，一頭胖白貓就從窗簾後頭竄出來，坐上毯子，紙條位置正好在牠腳前。賽巴斯提安舔舔腳掌，隔窗與我們對望，富泰而威嚴。

我知道許多關於貓的傳奇。海明威讓他的六趾貓們繼續住他的房子，生生不息，錢鍾書幼稚得不得了，半夜起床，幫自家貓和林徽音家的貓打架，還有養了白貓的梁實秋，說來奇怪，他的故居裡確實常出沒著白貓，偶然一瞥，老疑心是幻影。

我也知道寫作圈子裡的貓互助網絡，A詩人緊急告誡B翻譯家不要把貓送到C醫院去看病，因為曾發生過這樣那樣的貓意外事件，D編輯與E小說家住處相隔不到三百公尺，出門超過兩天的話就幫忙照看對方的貓，都知道備用鑰匙放哪裡，F詩人聽聞G記者搬到某地方，立即提供值得信賴的方圓一公里內貓物品販售店與獸醫院名單。

更不要說我的學生們，上課前下課後學院內樓梯偶然碰見，都會變魔術般從背包裡拿出貓零食，獻好（但不是對我）曰：「我朋友在寵物展打工這個很便宜多買了兩包老師不要客氣拿回家給晚輩（大貓名諱）和奧都（小貓名諱，全稱為奧古斯都）吃啊，他們好可愛喔，呵呵呵。」呵呵中飄然遠去，留下呵呵的我（醒醒吧沒有貓你什麼都不是）。

臺北居住空間逼仄，吾家二貓常在長寬有限的窗台前瀏覽有限的風景，在有限的鳥跡中做獵捕的夢。牠們對於是否成為傳奇並不在意，也許認得一二個家中人類消失時會來接手餵食的臉孔與聲音，更重要的是，牠們就像賽巴斯提安一樣，要擁有專屬世界。小貓貓身狗魂，時時刻刻要求人類體溫環抱，一次又一次確認自己的歸屬，試驗人類耐心；大貓貓身貓魂，喜歡人類在家（但不要人類煩牠），只要我把自己的床鋪分享出來（但同樣不要煩牠），大貓就天清月圓，安睡如涅槃。

㉒

臥房裡的哲學

薩德侯爵（Marquis de Sade）名著《臥房裡的哲學》，一如他本人的名字在後世的意義，這部小說提供了一張異色地獄圖，包含了亂倫、虐殺與性的極端享樂，也討論了人（特別是那些秀異者）是否擁有不顧一切追求快樂的權利。

然而，我家的貓們，也自有一套臥房裡的哲學。當然，無意效法薩德侯爵，屋子裡也沒什麼可供虐殺（蟲鼠早被驅逐殆盡，只有一條小壁虎還能優游於廚房，似乎在恩赦範圍內），意義非常簡樸，不過是複寫共居人類的生活痕跡而已。

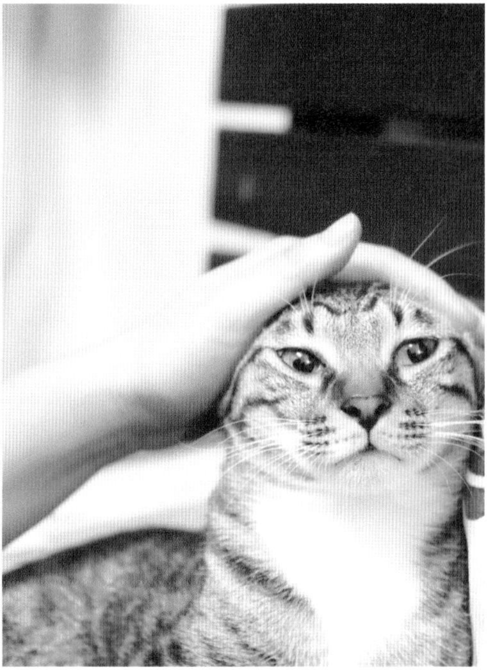

貓們認為，主人最常使用的空間也必須同時向牠們開放，於是，臥室與書房，不得不貓人共治。尤其臥房，從衣櫃到床鋪，布製品承納人類身體，強勁吸收納些先天與後天、消化了食物與環境的氣味。貓喜歡主人氣味最強之處，於同一處搔抓琢磨流連，日夜與人類一起編織氣味之網，表示「這是我的人／領土」，換言之，這行為近於愛。

平日聽多了「主人常出國，貓心生不滿，於床鋪小便」這一類哀嚎，素來不在意，覺得我家貓乖，才沒這種事呢。有陣子實在太常出遠門，忽然擔心起來，決定關閉臥房。幾天後，來幫忙照顧貓的朋友傳訊息說，大貓好像很想念你們呀，老坐在臥房門口長時間不懈地咪嗚咪嗚。回家後，大貓繞著行李箱和鞋子嗅了一陣，就跑到臥房門口等著，一開門，立刻竄進去，巡視一圈後，大剌剌躺上床鋪正中央，翻蹭了一陣子，呼嚕嚕，睡著了，好放鬆。

從此我不管出門多久，一定把臥房打開。根據貓行為教科書解釋，貓在主人出門後若出現反常行為，其出發點乃是為了緩解分離焦慮，換言之，這仍然近於愛。

有時候發懶，倒在床鋪上讀小說，總會推開房門五公分，大貓懂得頭槌，頭過身就過，如果不奏效，還能以體重直接撞開。小貓始終學不會，但牠知道可以覷著大貓，跟著就是了。臥房裡牠們喜歡的位置是穿衣鏡後面，遮蔽感十足，還有床邊粗纖維毛毯，可供抓撓與推踏，天冷了會鑽棉被，天熱了就翻肚躺風扇前。

有次拎著大貓回南部，一開始老躲衣櫥內。兩天後，適應了新空間，到處逛，到處破壞，此山我開的氣魄。不過，到了晚上，還是爬到我正睡著的床鋪上，鑽進被子，毛茸茸大頭枕在我手臂上睡覺。那溫暖毛皮一擱上來，讓人突然心頭一重——牠是多麼多麼全心相信另一個物種的我啊。

㉓

和平世界

某一集《管教惡貓》，男子向節目求助，說他的貓老抓爛昂貴沙發，希望能找主持人幫忙改善貓的行為，若無法改善，就考慮替牠做去爪手術。

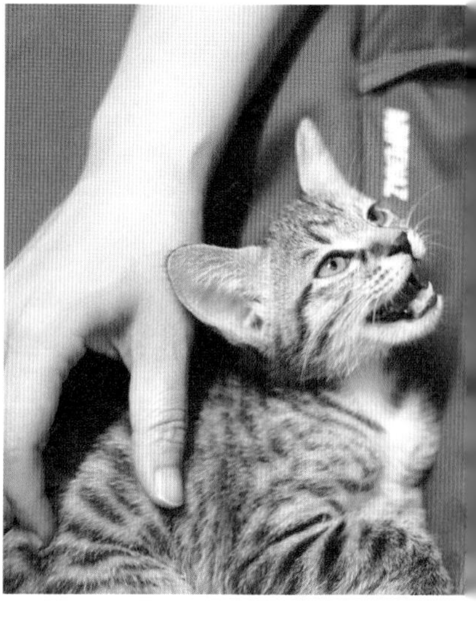

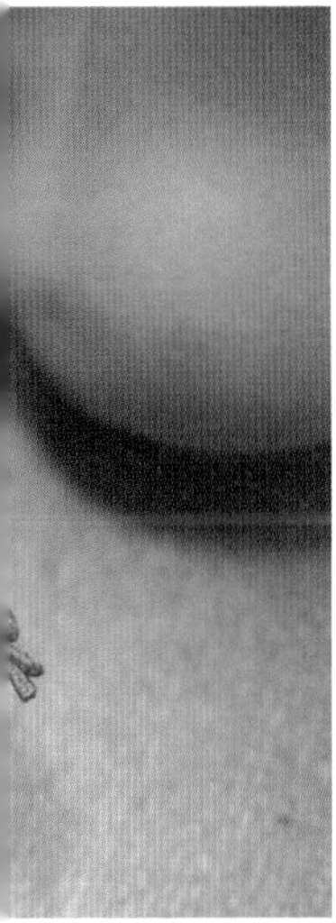

我第一次看怪鬍子主持人發飆（當然，這是在攝影機環繞下的發飆，也許考量了節目效果），因為去爪手術無異於替貓節肢，使牠變成殘廢。求助男子說，他不知道去爪手術對貓這麼殘忍，因為他小時候，父母就是這樣對待家裡的貓。怪鬍子一臉想立刻拿槌子把事主槌進地心的表情，說了重話：如果你只想以剪除貓的肢體來解決問題，那你根本沒有資格養任何動物！

後來，也看到類似的例子，居然有失格獸醫把貓的尖牙磨平，以避免貓傷害人類；由於手術不當，那頭貓只要吃東西就會痛，十幾年來，吃得少，長得瘦，體重從未超過三公斤。

去了爪了貓，沒了尖牙的貓，牠們如此殘缺，因為人類以自我便利為中心，從此必須痛苦與失衡過日子，而牠們仍然起到陪伴人類的作用！

「把陪伴動物當家人」，這觀念過去並不普及。小時候養了混血白狐狸狗 Yuki，家裡後來從一樓搬到四樓，母親嫌動物麻煩，竟然在小孩上學時就不聲不響把狗從前鎮載到鳳山扔掉了；一個禮拜後，Yuki 竟然自己回到家來，從此變成一隻打死都不願意出門的狗。小孩不過欣喜於小狗失而復得，現在想來，才能意識到另一面：Yuki 的心受到傷害了。這晚來的醒悟仍讓我慚且自恨。

魯迅〈狗的駁詰〉不就讓狗發出了「愧不如人」的嘲弄嗎：「我慚愧：我終於還不知道分別銅和銀；還不知道分別布和綢；還不知道分別官和民；還不知道分別主和奴；還不知道……。」是的，之所以能任意拋棄陪伴自己的動物，正是因為知道分別人與物。然而，放回當年的語境，也無法責怪母親。確實尊重動物的意識是三十年來逐漸增進，我也是逐漸學習的。

我也愛看符合可愛定義的貓。網購紀錄一半都是貓用品，社群媒體上很快紀錄、因應了這一點，向我推播各種影片浪貓家貓耍萌、各式頁面貓砂貓罐滿額打折，貓玩具貓洗潔劑貓香氛也發展蓬勃，日益專業化與精緻化。人是多麼容易捕捉啊，我的搜尋紀錄即是我，裡頭包含了我的生活所需、我的關注、我的困惑，數據演算很快就可以把網路瀏覽打造成完全適合我的小世界，寧靜，貼心。

重播幾次小貓涉世未深、大眼睛飛機耳舔著鮪魚泥的影片，啊可愛讓人平靜，可愛帶來紓解（看了一整天香港警察打人的消息後），但我也恐懼這是逃避與麻痺，我也恐懼爪與牙的失效。

㉔

愛異類

幸好在可愛之外，由影像消費與商品消費構築的小世界，還保存著破口。或者說，由於知識與思考，讓感覺的觸鬚不至於被馴化，不至於疲勞乃至失能。

由於網路傳播的高效，我們頻繁看見這樣的消息：領養流浪貓者，只因為貓在頭一個禮拜不給抱，無法擔當任憑擺佈的可愛玩偶角色，就被退養；日常生活中無處宣洩怒氣者，則以動物為溝為壑（正如以女人、以同性戀、以難民為替罪羔羊一般），悉心欺騙中途之家的照顧者，領養了貓狗兔以後，虐待致死。無論對象是人或人以外的動物，人類的惡行往往如此：把對象物化／低等化／工具化，因此無須在意其感覺。

長期追蹤貓領養社團，願意救援流浪動物者，數量多得讓人驚訝。常見到一種求助文，「某某地方撈到一窩幼貓五隻，但是家中已經十隻貓，空間有限，無法再收編，懇求接手者」，「某某路口（通常地址非常詳細）有隻貓被撞，已經去世，趕著上班只能先把貓移到行道樹下，懇請附近人士幫忙」，通常很快會出現善心人士接手。然而，就如同社會運動常出現不同議題的運動重複動員同一批人的現象，這些救援者除了自家周邊，甚至常常得做跨縣市救援，我所見過的中途之家，甚至把自身人類生活縮到最基礎範圍，居住空間、精力與金錢，都給了貓——這真是最反人性而又彰顯人性的——貓能愛我這樣的他類物種，我能以同等之愛回報給人類以外的物種嗎？

愛可以是最狹小的。有些種類的愛，需要狹窄來證明專注。即使常被認定接近宗教之愛、同時感受生物（大觀園姊妹）與非生物（畫中人）、「情不情」的賈寶玉，認真想來，仍有等差——美的事物才值得愛。待領養的貓，也往往因為品種與花色而受差別待遇，玳瑁、黑貓、花色分配不理想的三花，因為不美或民俗禁忌，往往得等到天荒地老，更別說愛滋貓、失明貓、癱瘓貓。而我不也是那些挑挑揀揀的其中一人嗎，到中途「小潤貓齋」領養貓時，一開始感興趣的，不也是皮相最美麗的幾隻嗎？詩人隱匿當時也陪我看貓，叫我注意某隻小黑白貓，花色有點頗雜亂，六個月大，熱情洋溢不斷撲過來，誰手上拿著食物誰就是娘。我心下有沒有閃過一絲猶豫？有的。

無論如何，最後真的領養了這隻拼命引人注意的小貓，現在黏人得不得了，需要很多很多的愛，我也得到了牠很多很多愛。我是那個幸運的人類。

㉕

動物醫院Y

住家附近，腳踏車載著貓，十分鐘以內可達的動物醫院共三家。最常去的是Y院，地處重要道路旁，不過生意普通，沒有護士，全靠帥氣醫生一人。每個病人，嗯，應該說，每個帶了生病動物的客人上門，他都會花好長時間交談，再三確認你真的明白情況，叮囑次數太多以致於我老覺得自己好像幼稚園小朋友。Y醫生人很耐心，不過似乎不善打理環境，貨架是歪的，到處灰塵，椅子底下自家貓砂盆都沒清，標示著「寵物美容室」的小房間內堆滿紙箱。

院內養了幾頭巨貓，但很少露面。有一次居然巨貓群全員到齊，走廊上向我觀望，體型雖大，神情卻很慵懶，隨便叫了幾聲以後，就全部躲起來了。有回醫生坐在一張辦公椅上跟我說了好久的話，起身以後，我才發現他背後還睡著一隻扁掉的大白貓，老舊靠墊似的，有些發黃，伸了伸懶腰，又恢復靠墊狀。

家貓但凡出門，必然不爽，肯定反抗。好不容易裝到外出提籠，安靜了一陣子，把籠子在腳踏車後座縛緊，盡量騎人少的小巷子。逼不得已停到大馬路十字路口，最不識相就是小貓，總扯開喉嚨呼叫，帶著一種苦旦哭太久以後逼出的分岔，一聲疊過一聲，極為戲劇化，蓋過四週汽機車引擎，路人紛紛探看，好像我是什麼虐貓犯似的。為了證明清白，我得立刻非常大聲地安慰，表示要去醫院等等，消除路人的疑慮和我的尷尬。

奇怪的是，路上很激動，入院卻很乖馴。Y醫生非常讚美小貓，說個性好好，放到診療台上完全不反抗，打針時甚至咕嚕咕嚕好大聲，他很困惑：「你這貓怎麼回事，剛剛是打針喔，針戳進他的肉喔，他咕嚕咕嚕什麼啊！太ㄎㄧㄤ了吧！」

這時候，附近任意扔著的紙箱內，馬糞紙般揉成一團的東西忽然動了，天啊是醫生的棕貓，皺得不像話，很懶散地抖一抖，朝虛無中嗅一嗅。打完針的小貓倏地站直了，往診療台邊跑了幾步，很驚奇地望著那團張開的紙。大概動物醫院內風景總是今天抄襲昨天，棕貓又跌入紙箱內馬糞紙般地睡去了。

㉖

動物醫院G

動物醫院G地理位置太好，就在捷運出口。占地不大，生意甚佳，隨時備有三醫生六護士。營業時間人山人海，每個人都表情焦灼，懷中抱著小型或中型貓狗兔。如果帶著大狗，通常會自動在外面等，以免磕磕碰碰，人仰獸翻。

門庭若市的候診間，各種劇碼與人類醫院無異。有回帶大貓去看病，忽然一家老小衝了進來，奶奶抱著一隻馬爾濟斯，爺爺以哭音大喊，誰來救救我們家小寶！櫃台後面走出年輕的醫生問，發生什麼事？爺爺說小寶吃東西太著急噎住了現在好像沒呼吸了呀，醫生你快救救小寶！立刻醫護家人簇擁著那隻小狗就到後面去了。另有一回，聽醫生低聲和一位有點年紀的太太商量，瑪莉還要開刀嗎？瑪莉年紀好大了呀，這種狗的平均年齡差不多是這樣了，開刀也許支持不住。太太說，我女兒答應從美國趕回來見瑪莉一面，我們也知道現在是盡人事，有一點希望總要努力看看。

動物的陪伴，似乎填補了兒女獨立後的空巢期，成為老父老母傾注關愛的對象。我也曾想過勸獨居南部的母親養動物，可是，小時候家裡白狐狸混血狗莫名被載到遠處扔掉的記憶猶新，我實在不能確定母親能認真對待動物。朋友說，那可不一定，現在情況不同了，也許會像愛小孩那樣的愛動物，她說她父親後來比任何人都愛家裡的老貓，老貓去世後，本想火化後海葬，孰料父親強力反對：「貓仔平常最討厭水、最討厭洗身軀了，現在伊死了，你竟然想把伊丟去海裡？你攏沒為貓仔設想！」

因為泌尿問題，大貓曾住G院一週，和其他生病貓狗一起，一隻放一個籠子，疊疊好宛如巨大監獄，瀰漫著各種聲頻的低吼。身上雖然糾纏著管線，一看到我們，大貓就掙扎地站起來，很著急地蹭過來，無奈隔著頭套，不能如願，我趕緊把手伸到頭套裡，牠就把整張臉埋進我手掌嗅著，想複習我的氣味似的，依戀地，嗅了好久，鼻子微微濕潤，輕輕在我掌心撞著，這親密讓我胸膛一緊——

忽然護士吱呀推門進來，手攢在口袋裡好像握著什麼。一一打開附近幾個籠子，捉住貓頭，或狗頭，迅雷不及掩耳往牠們被迫張開的口中投入膠囊，且無任何動物吐藥或反抗，好像瞬間都被專業非凡的手法給震懾了。吱呀護士又出去了。空氣忽然放鬆，該叫的叫，該抓的抓，住院區又好一片隆隆噪音。

㉗

室友

晚輩轉大貓時期，我很熱中替牠磅重。每次發現又前進了幾百公克，就高興得不得了，那重量就是愛的實體化。不過，等到超過五公斤後，如同人類逃避自己的體重精確數字一般，我也停止了替牠磅重，那重量似乎昭示著某種一去不回的純真，持續邁向胖與壞。目前晚輩六點三公斤，討厭被抱，可以摸，但有限度，除非是搔爬額頭和下巴等足以取悅之處，其他地方呢，很快牠就會舉起一隻前腳抵住我的手，表示：「可以了，好了。」牠三秒鐘的施捨已經結束。

奧都實際上也是大貓了，體型還差晚輩一節，不過，由於個性糾纏又好勝，往往雙貓扭打，體型大的晚輩反而敗走，得將房間中最高的瞭望位置讓出來。牠們慣性姿態也有差異。奧都喜歡側躺於通道中央，黑白顏色分布宛如馬來貘，有人經過也不讓，只好很不敬地當頭跨過；晚輩呢喜歡四腳朝天，袒腹自適，這姿態需要靠腰靠背，因此牠多半黏在通道旁，有牆同當，最懶惰時居然後腳蹬牆，借力使力，滑移到另一邊去，旱地海豹似的。

近來晚輩膀胱發炎，就醫返家後，麻藥尚未完全消褪，一臉矇樣，外八字走來走去。機不可失，奧都長廊上跑百米帥氣姿態衝向晚輩，單手撂倒胖貓，呼嚕呼嚕歡快奔開。胖貓倒地，四腳朝天，獃了好一陣子，剛爬起來外八字走了幾步，奧都又折返單手把牠推翻，呼嚕呼嚕奔開幾尺，還回頭檢視戰績。虎落平陽，大抵如此。

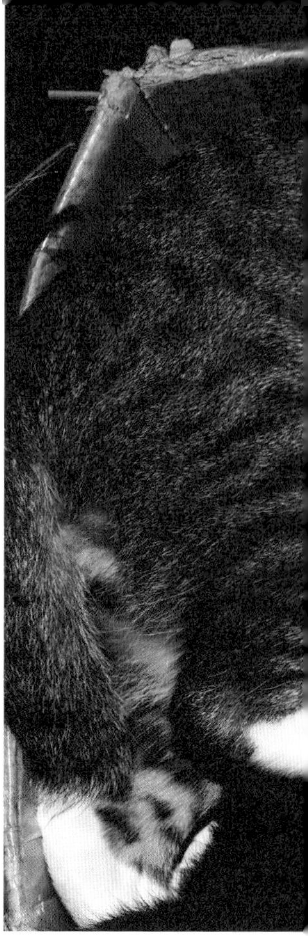

NO NUKES
No more
再有下一個福

個性完全相反，有時候也能起到匡正救濟之效。根據常在我出國時來幫忙照顧貓的朋友說，晚輩脾氣差，甚至對她又罵又咬，奧都會出面協調，驅走凶狠的晚輩。帶雙貓回南部家裡，南返次數較多的晚輩也會老貓識途，把奧都從自閉衣櫃中領出來，四處巡禮，甚至帶到主臥室鋪著後毛毯的大床上，示範怎樣摩擦徜徉，示意奧都跟著享受。

想起第一次帶雙貓搭高鐵，準備了兩個提籠，一貓一屋。沒想到奧都使出看家本領，聲線分岔，一貓就能二部重唱，聲音大，頻率密，月台上人人側目嗤笑。安撫無效，忽然我福至心靈，把奧都抱出來，塞進晚輩的提籠裡。兩貓團團擠著，竟然就不叫了，很靜定，奧都還舔舔同伴額頭，大抵表示：「我來了，我倆亡命天涯，永遠不分開。」

我也和牠們永遠不分開。

獻給貓的排水孔之歌

對於牠——一隻家貓
沒有比老流理臺更靠近
神壇的處所了
磁磚們忠誠而齊整
一點點裂縫
是時光拎著小槌在遊戲

神諭發動並不定時
但牠從不錯過
棄伴侶（小熊，已脫線）不顧
飛奔前來，伏低前足與肩膊
額頭幾乎觸地
歛目向神壇底幽幽

洞開的排水道
一張古老之口
如睡火山將醒未醒
反覆吞湧著噩夢
終於嘩喇喇
浮現地表

哦，那是善人與惡人共治
綿延多傷的現代
那是生活隱隱正作痛
費力隱藏，分泌又咽下
這世界永恆的
殘餘啊——

但這不是貓的觀點
牠傾注，匍匐，再靠近
聽星河遞出胎動
雙耳懾服垂下
連尾巴都專心起來

牠知道，祂最慷慨
不吝於準備食物
（上帝的磨坊也生產罐頭呢）
也不吝於吐露
未經翻譯的原文

文字　楊佳嫻
攝影　李政曄

社長　陳蕙慧
主編　陳瓊如
行銷企畫　李逸文、尹子麟、姚立儷
封面、內頁設計　朱疋

讀書共和國社長　郭重興
發行人兼出版總監　曾大福
出版　木馬文化事業股份有限公司
發行　遠足文化事業股份有限公司
地址　231 新北市新店區民權路 108-2 號 9 樓
電話　(02)2218-1417
傳真　(02)2218-0727
Email　service@bookrep.com.tw
郵撥帳號　19588272 木馬文化事業股份有限公司
客服專線　0800-221-029
法律顧問　華洋國際專利商標事務所　蘇文生律師
印刷　呈靖印刷股份有限公司
初版一刷　2019 年 11 月 13 日

定價　380 元

貓修羅

國家圖書館出版品預行編目（CIP）資料

貓修羅 / 楊佳嫻著 ; 李政曄攝影 . -- 初版 . -- 新北市 :
木馬文化出版 : 遠足文化發行 , 2019.11
216　面 ;14.8×21 公分
ISBN 978-986-359-735-3(平裝)
863.4　　108017266